ヘヴンリー・ブルー

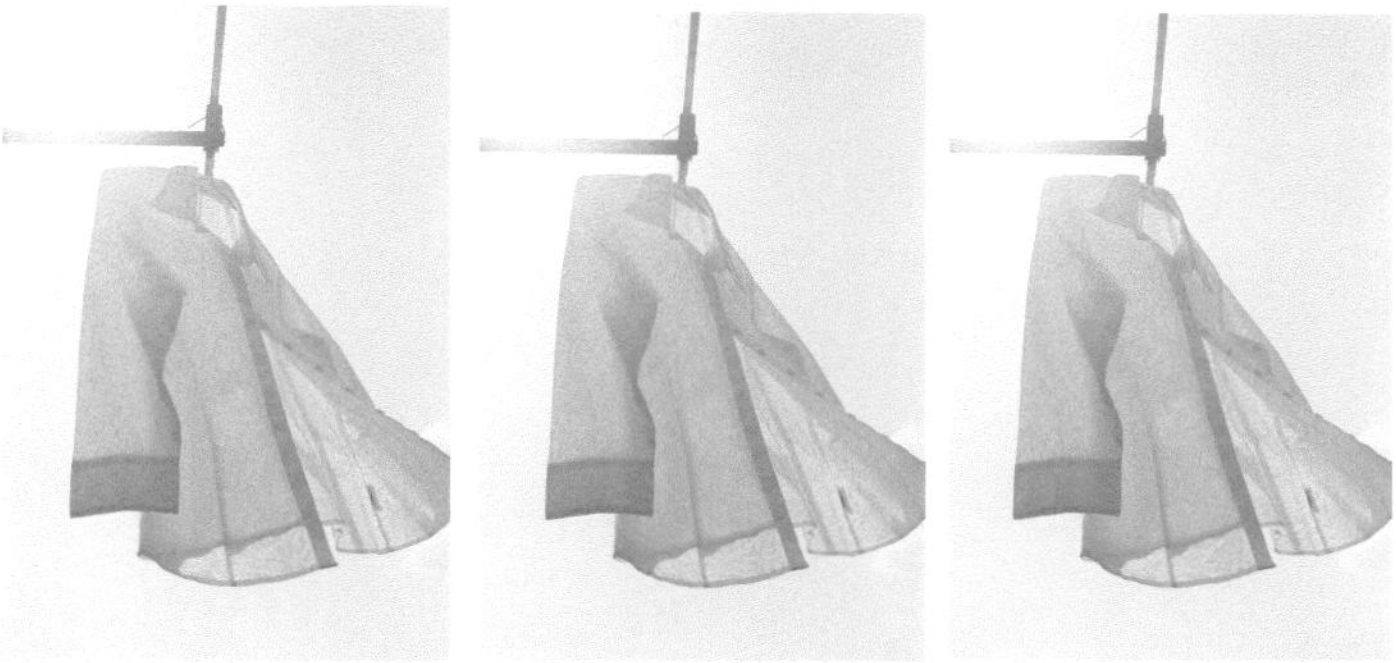

短歌：早坂類
写真：入交佐妃

三月の三日月なにもなしえない道のはたてのそらの切り傷

0

なにもないすることがなにもない何もないです　前略かしこ

みがかれた車たちが幻のようにながれてゆきました
とりたてて美しいことはなにもありませんでした

氷柱の真芯に眠るいっぽんの真青の偽足　僕のこいびと

いのこずちつけたまま行け
手のなかの
無色透明実用孤独

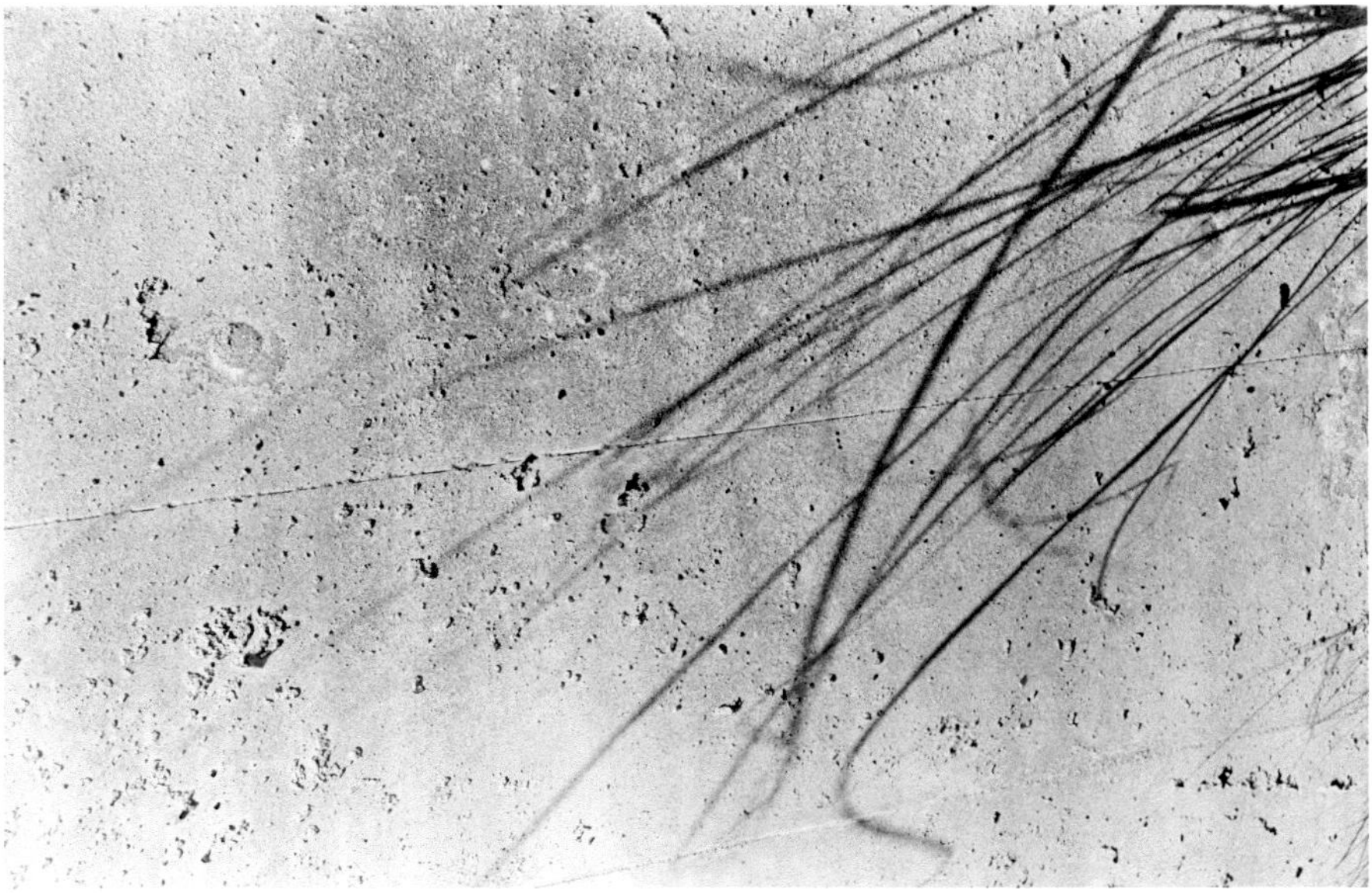

夏、正午、水道管のにおいのする水を両手にざぶざぶと受けて飲んでいる

満ちてくる光の中でくちごもるなにかさびしいきみのひとこと

いちめんにささくれだって立っている
きみは刹那の夏の殺意に

ティアドロップス　ほぼ透明でかたちなく　しかたなく　せつなく　とめどなく

均されてしまった土の中に尖った小石が混じっている　すこし輝く

存在のケアという名のセックスもあり　ノンバーバル的夜のはるかさ

黒色の落書きは叫ぶ　わたしを消してわたしを消してわたしを消して

人身事故多発区域を無為にぬけ　その先の夜へつっこんでゆく

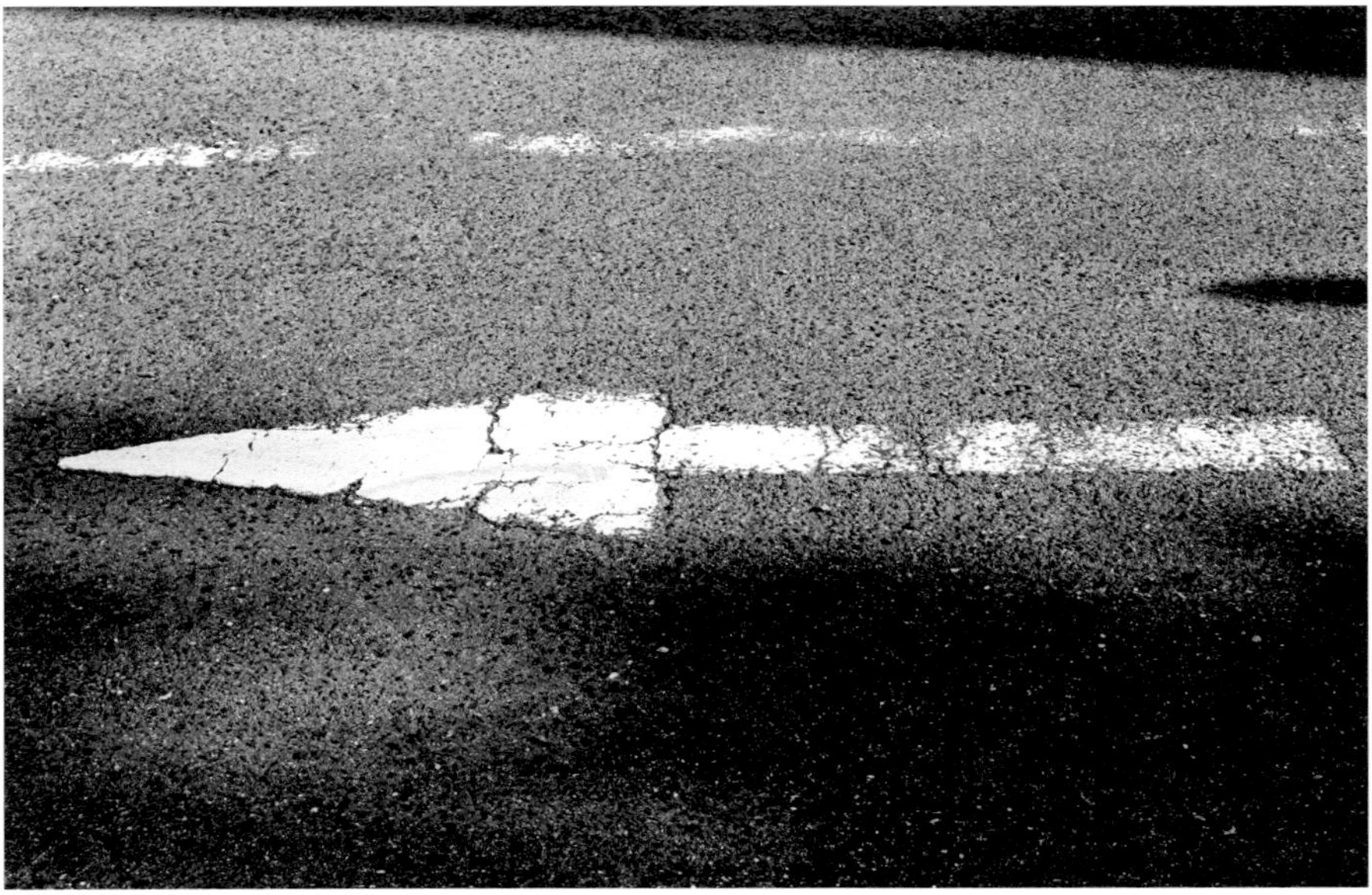

巨大な透明感がやって来て不意に君、と思った瞬間に風が発った

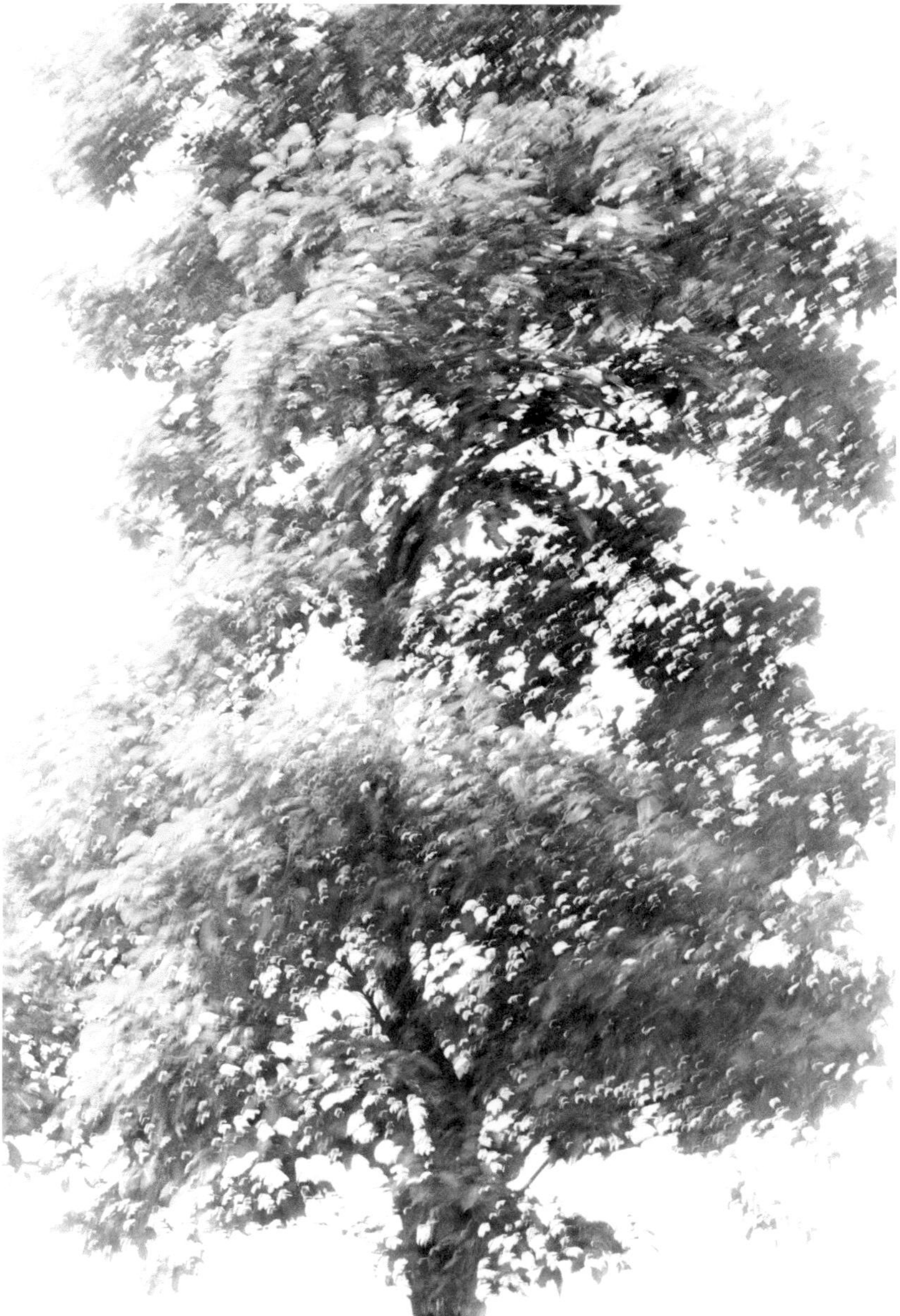

ある午後のかがやき　振り降ろされつつある斧を描きとめる手のかがやき

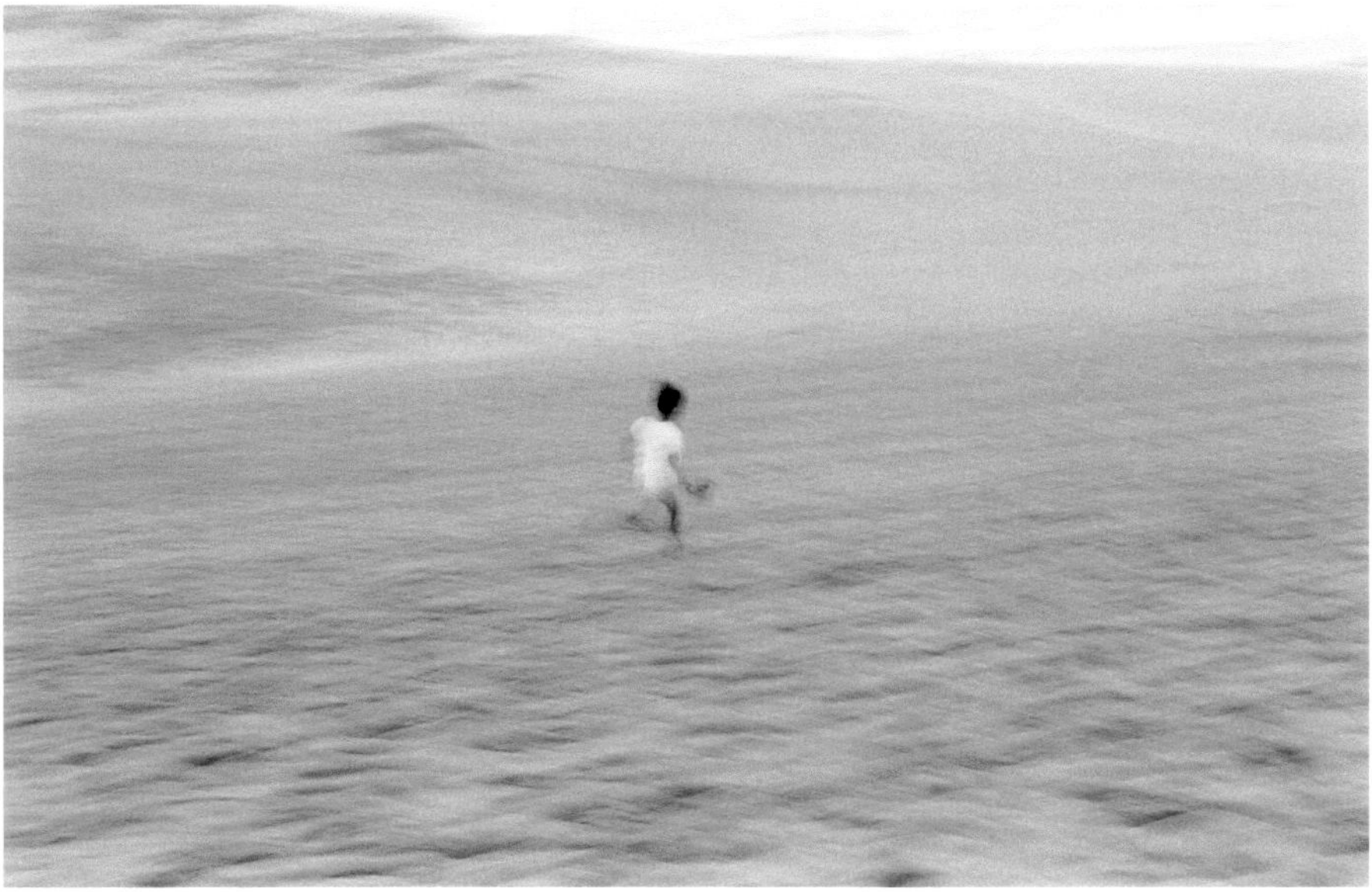

こなごなの夏の終りのはじまりの、ひかり、ひかり、ひかり、ひかり、ひかり

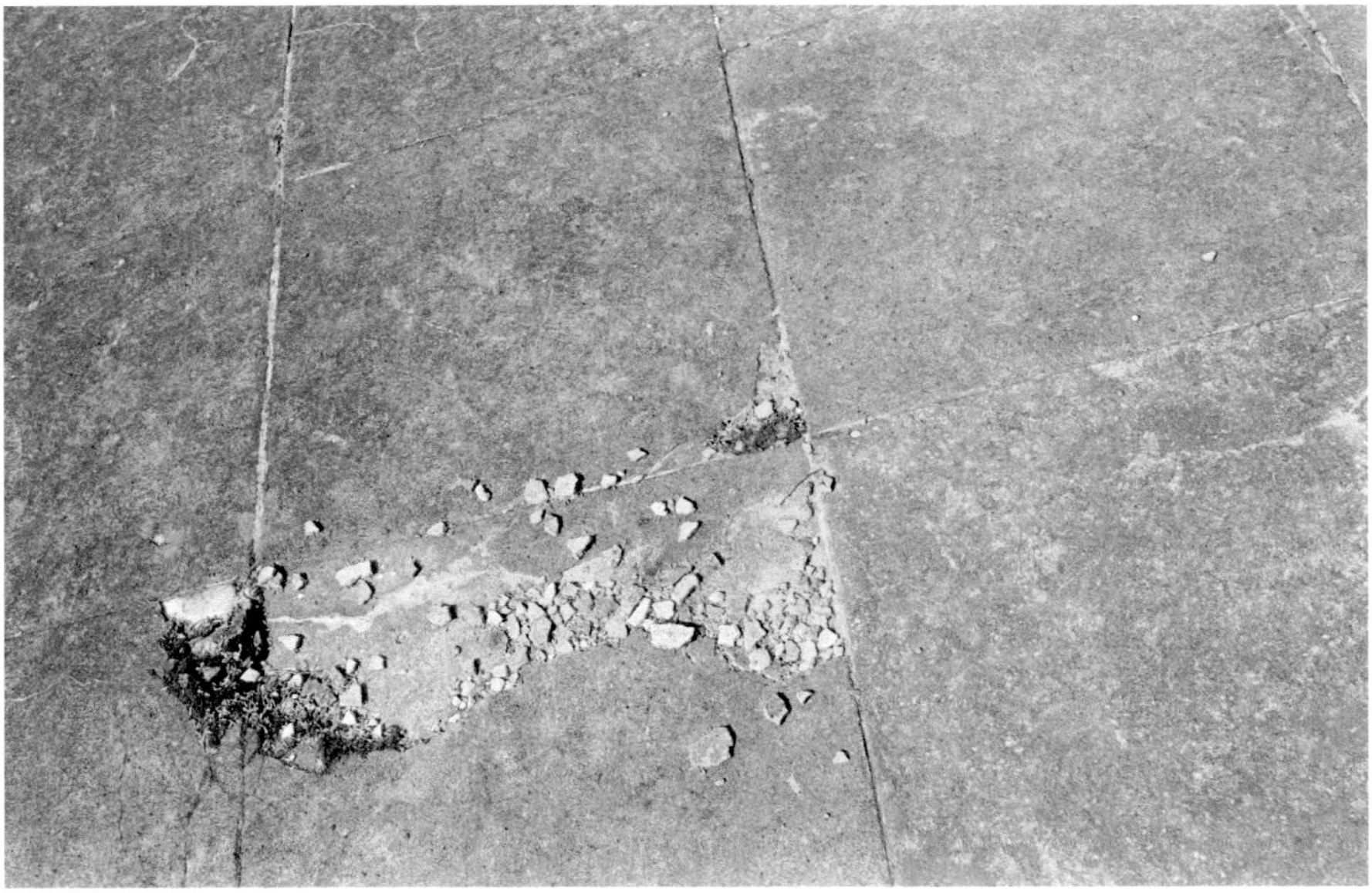

この世の何にも似まいとした言葉が骨をよじのぼり歯をへし折って出ていく

生まれては死んでゆけ　ばか　生まれては死に　死んでゆけ　ばか

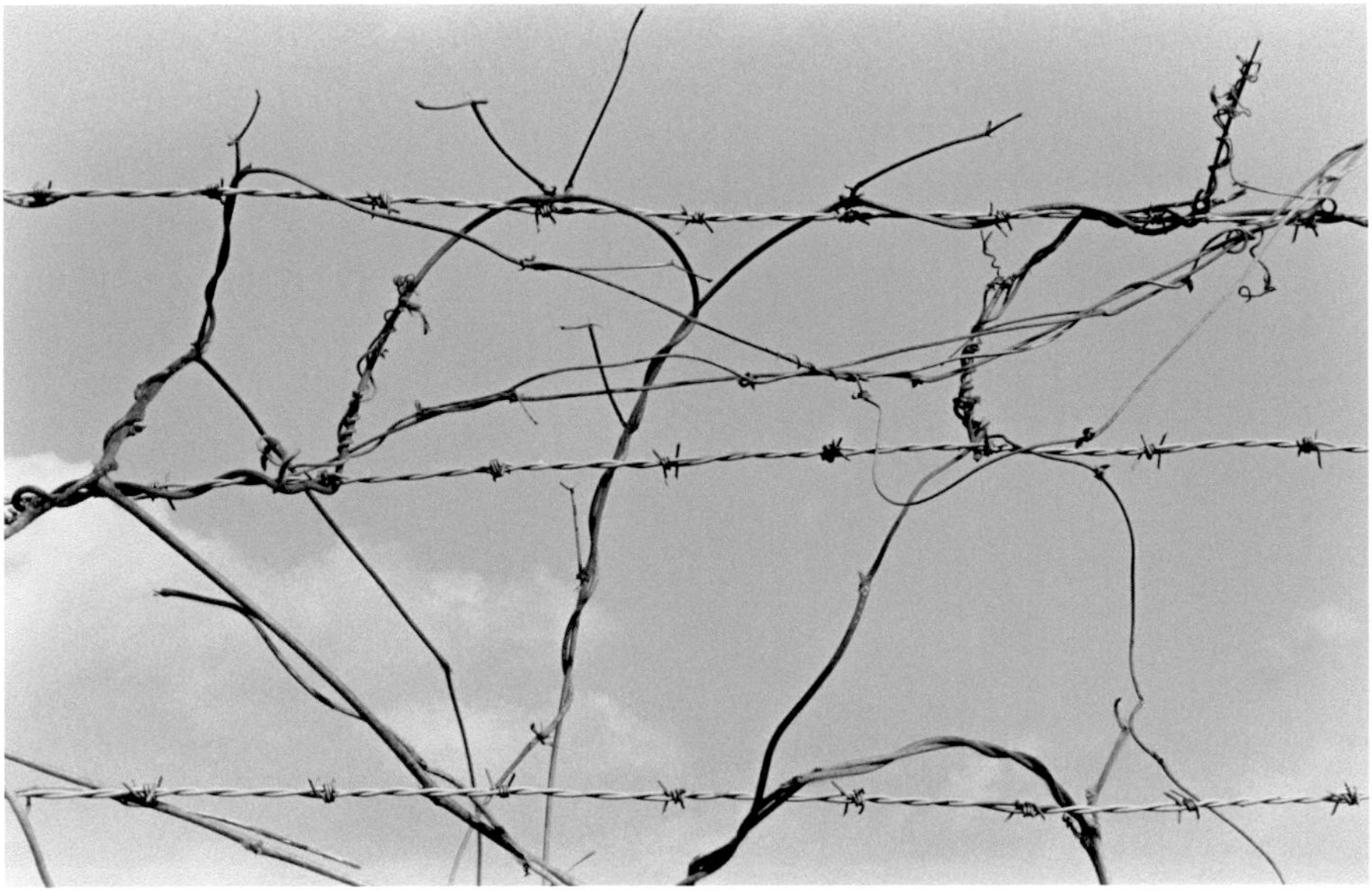

濁流となってゆけ水よ僕よ泥の中を河はながれる

まっすぐにまっすぐにゆけ

この夏の終りの道を

たったひとつの

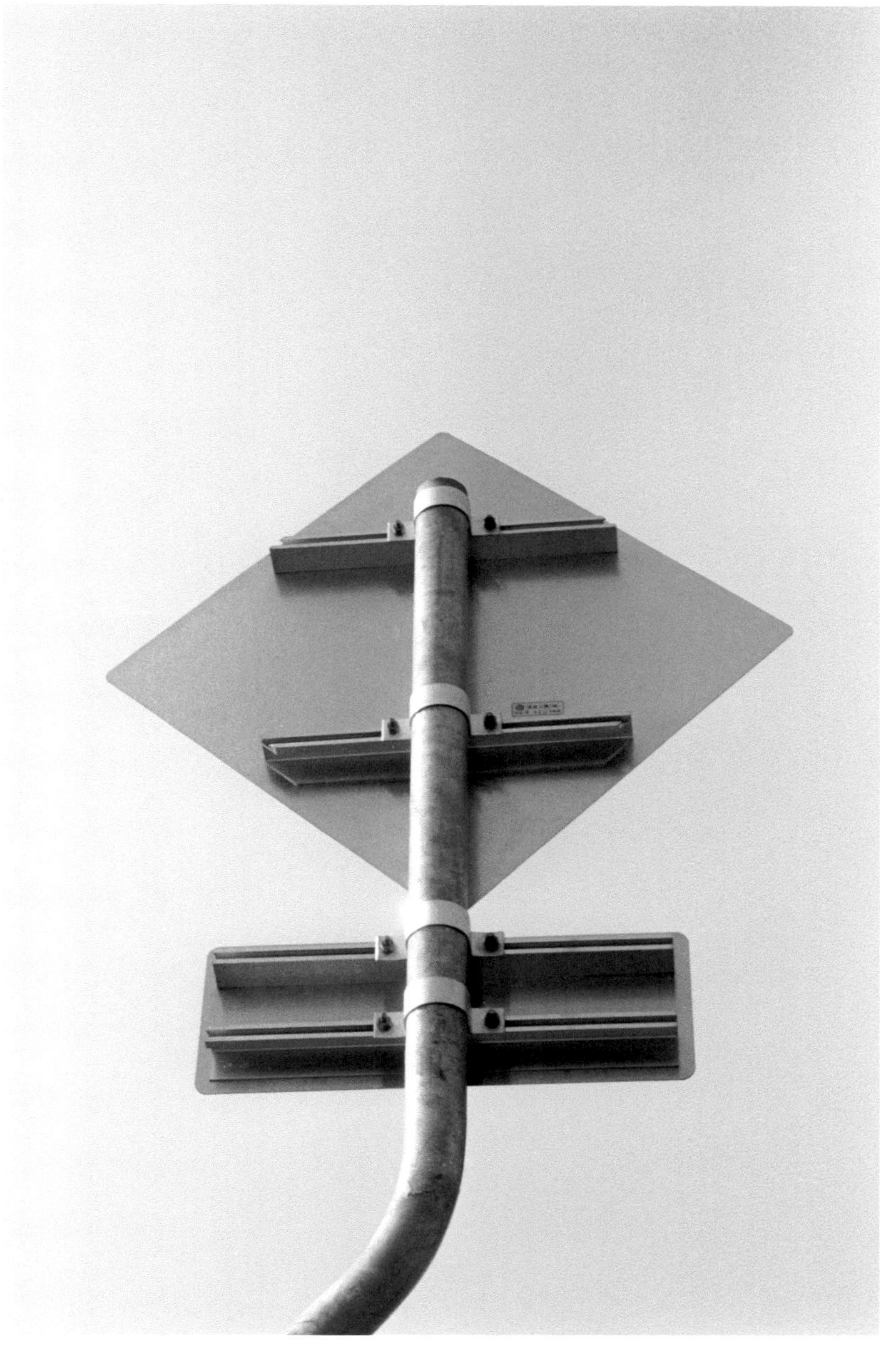

虹よ立て夏の終りをも生きてゆくぼくのいのちの頭上はるかに

一文字に切りひらきあたたかな処へ手を入れる　果てしもない朝

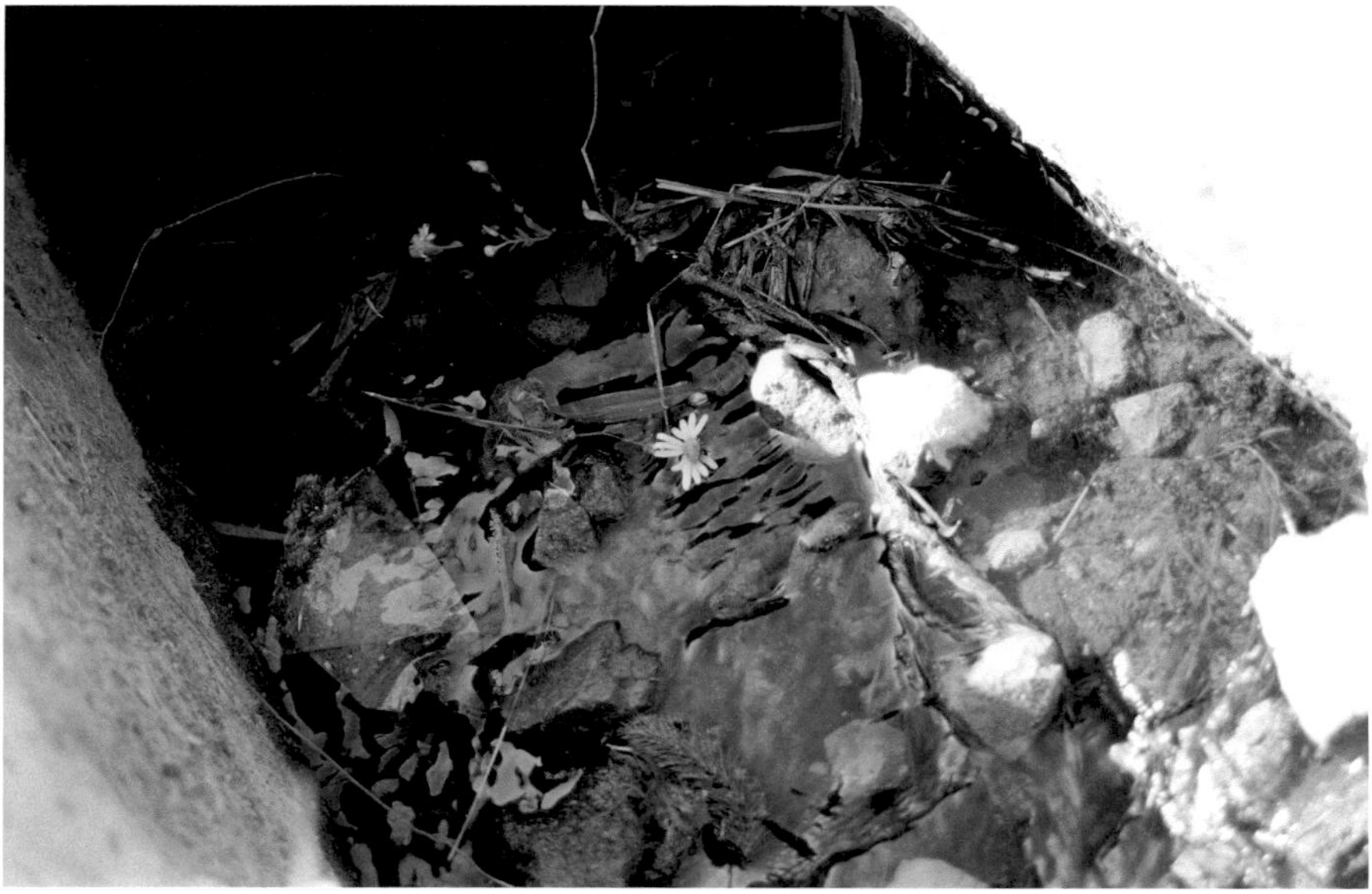

与えあう　魂の家族　奪いあう　肉の家族　降る　しぐれ雪

真ん中をいきてゆくこと
ひろびろと
ひとのいのちのちからは刹那

さあ、生きましょう

僕達の紙飛行機はどこまでもただよいながら流れていった

ヘヴンリー・ブルー、天国行きの坂道の途中でうたうソライロアサガオ

夏は毎年終ります。

海からの
距離ははるかに君までの道
夏帽をおさえつつ行く

海から
Km
14.0

大風に吹かれてたなびく蓮の花おおいなるものは常に彼方に

まっさらな素顔できみに会いにゆくこのゆうぐれのこの不道徳

やがてみな消えてゆくもの　幾千の殺し合う星　なすすべもない

そのままに
そのままに
ただそのままに
僕らの生をいまそのままに

頭蓋骨ひとつたずさえ旅をするいのちがひとつみどりの丘を

突堤で待っているから来てごらんと叫ぶ　時代の突堤に立つ女がいる

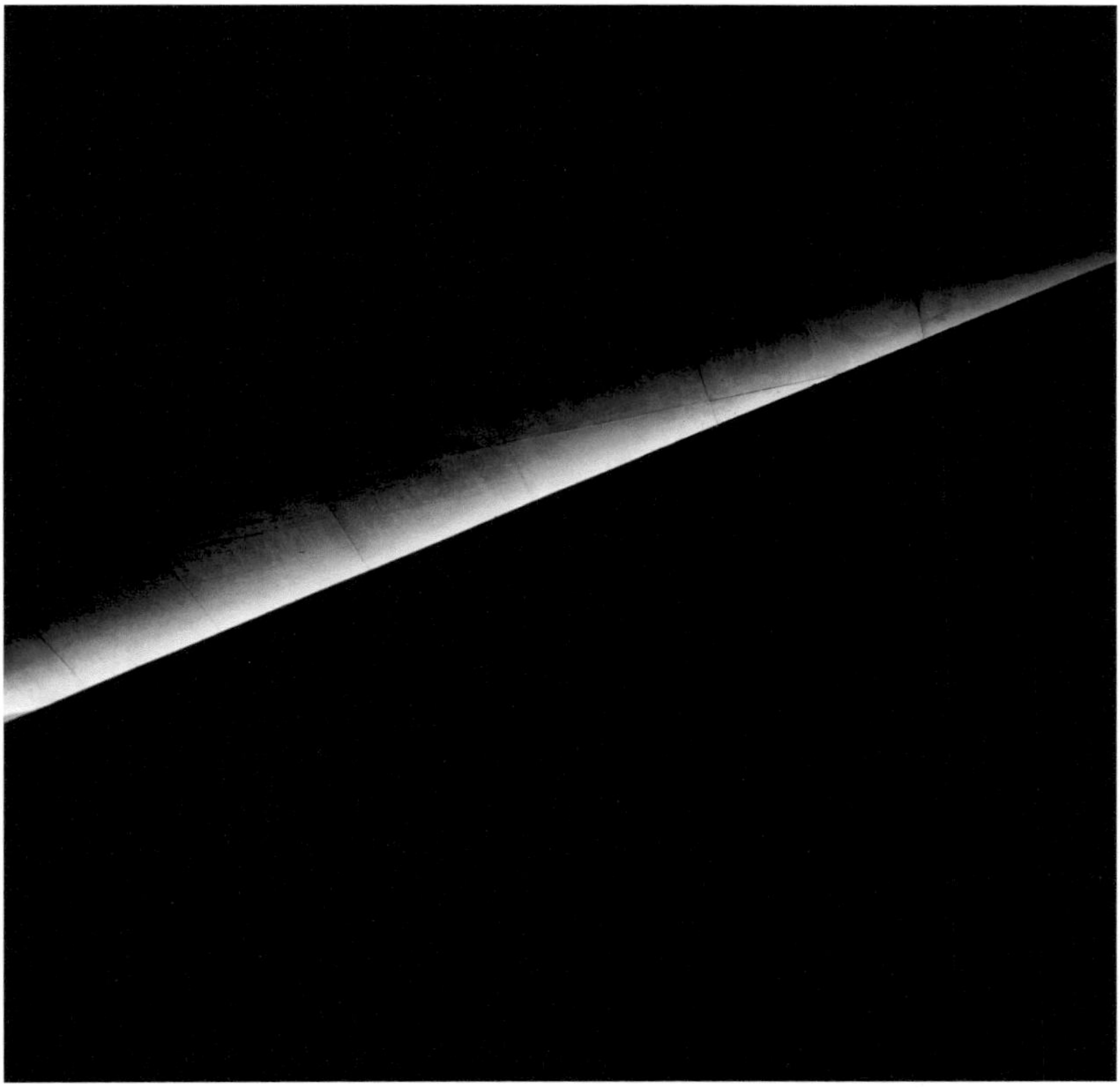

その破れ目は黒　その破れ目は声です　柵を食い破ってその声は来る

水の底　闇の奥底　肉の底　鍋底　火の底　つぎつぎのぞく

おまえの地下から軍隊が押し寄せ
おまえの足裏からおまえを占領し
おまえの髪を染めかえて出てゆく

えぐりながら到達しない魂の憤怒のよう　それはまるで永遠の牧師のよう

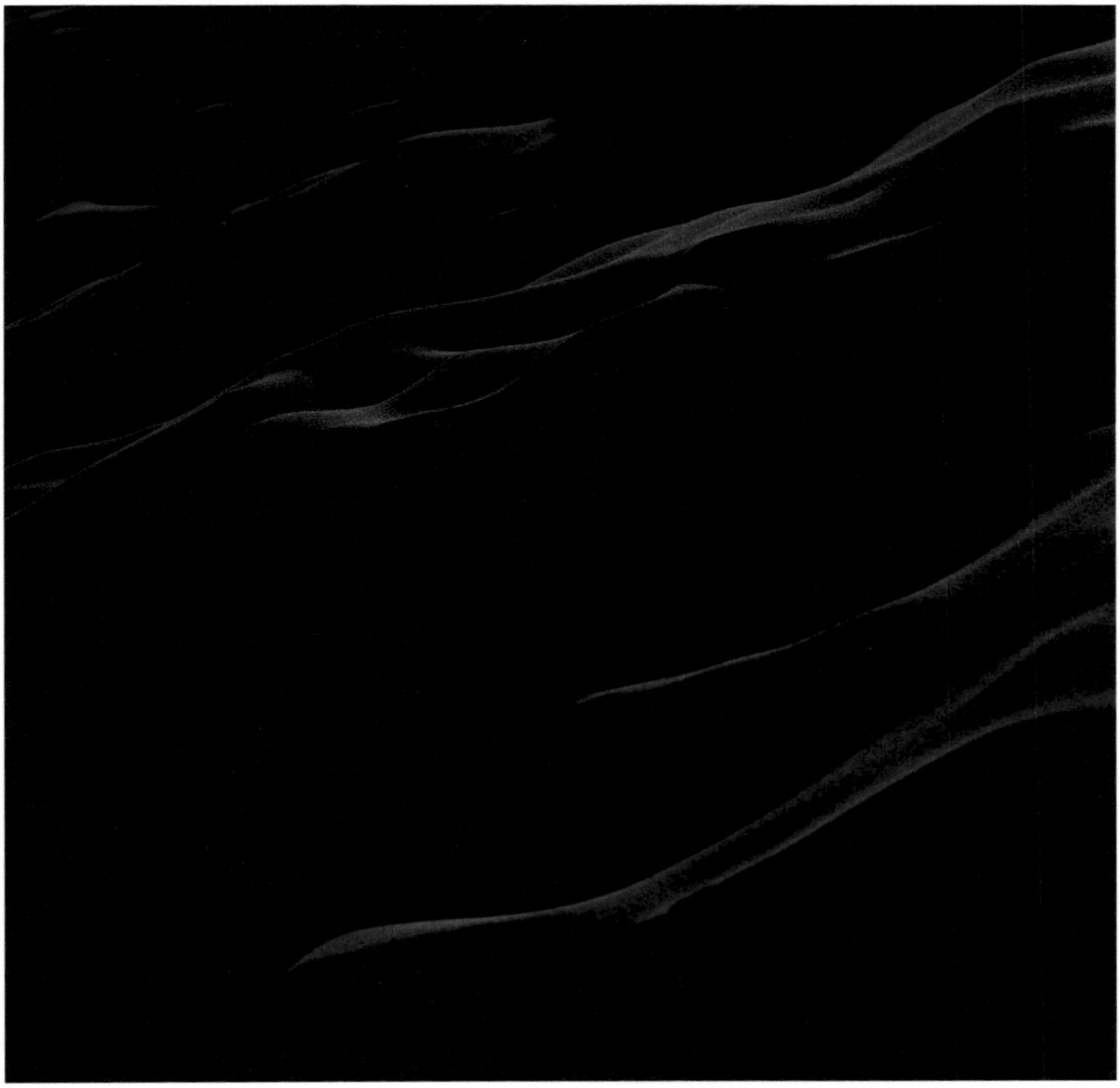

漆黒のウェディングドレスが身体じゅうから滲み出る　軍隊のように

熱心に料理して食べてしまう
その火の服をその火の靴を
彼女は

くろぐろとよこたわる土の下腹にナイフ一刀　つよく引き抜く

平らかな砂の奥からたちあがろうとするものがありひくくあいさつをかわす

音の無い野の原ばかりが美しい　六月　犬が新月を嗅ぐ

KYU CONSTR

くちずさむメロディーはほらでたらめのゆうぐれのうた朝焼けのうた

ふりかえりふりかえりゆくきみの瞳の　なんとはなしのさみしさのいろ

やはらかにやはらかに逝く秋の日に人のなごりはただ風ばかり

一九六五年、汚物運びの男の肩にかつがれていたあの豊穣あのおおぞら

いくつかの基本の和音　すべからくそこを起点としてめぐる宙天

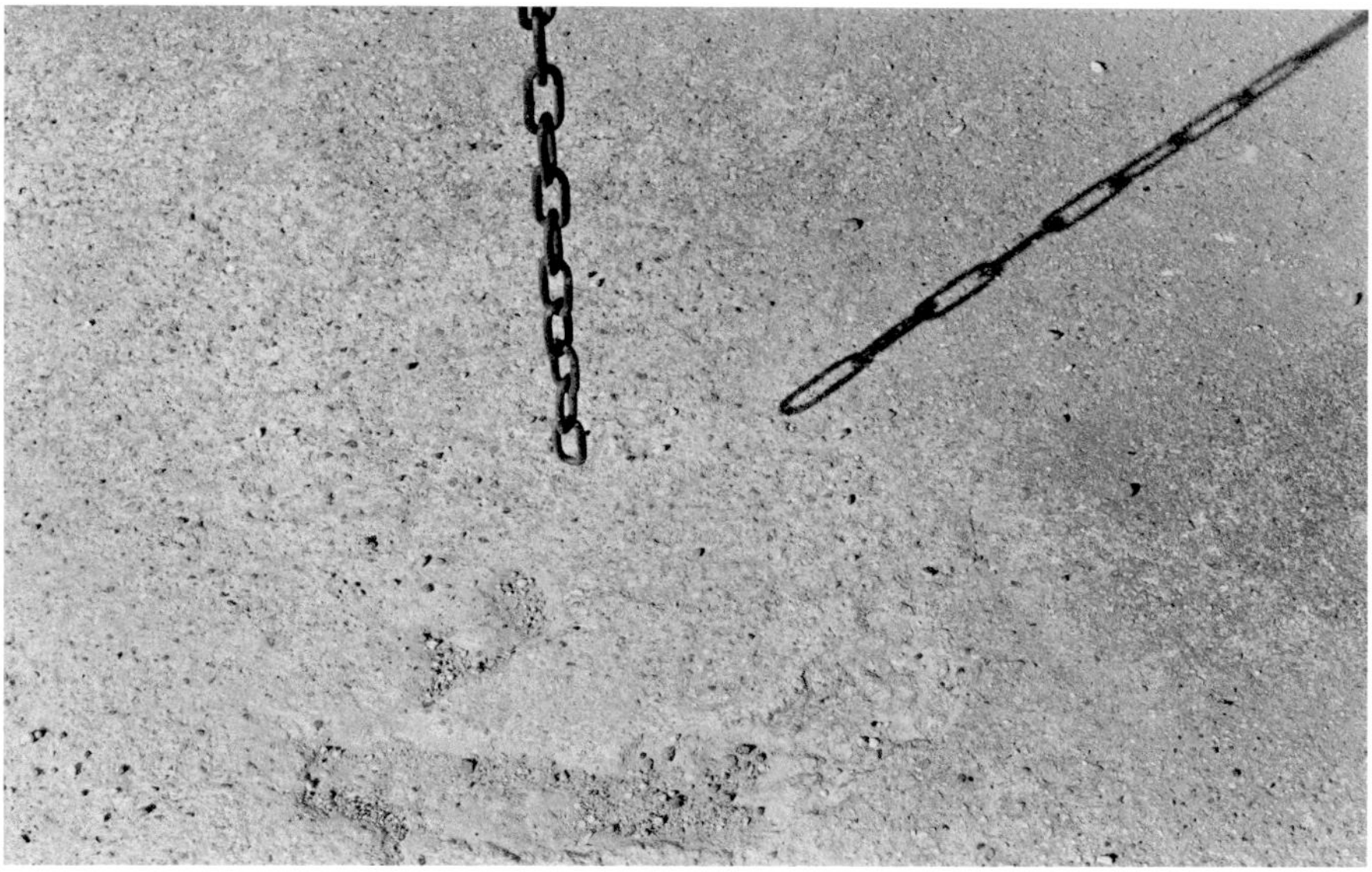

あした来るひとりの遅刻者のためさいごの果実は穫らないでおく

その道化者は地上の花嫁をさがしている　彼は　ワルツを踊れる

底抜けの魂は　うたい　魂をゆく　飛砂　紺青の　星　今生の

その広場の中央では詩人の壊れた頭がひとつの噴水になっている
その噴水は万人のために歌うのである　　　　オクタビオ・パス

たちのぼる聖なる火を食べに帆柱をよじのぼってゆくわたくしがいる　底まで

弾力のある身振りで指し示す
いま此処に在る天国の青

ヘヴンリー・ブルー　花であり世界でありわたくしであり　まざりあう青

疾駆する。

ブレる。

無尽蔵の

背景になる。

諸々了解。

諸々ＯＫ。

壊れてよ　もっと壊れて　どこまでも壊れ果ててよ　解体屋です

ばかぢから
床踏みくだく
ばかぢから

なつかしくとも
うつくしくとも

STOP
右よし左よし

わあわあと
みあげている
ありあまる
あおぞらのあおが
おもしろい

青々と空へとつづくいっぽんの道
おろかなかんじとおもわせもする道

此の中に在るものはただ単に愛といいます　それ以外無い

躍る

光る

笑い伏す

骨になる

砂になる

生き倒す

ぶあつく広い野原の上で　笑え　笑え　笑え　わたしたち　は　すばらしい

Original
Hallo

天上の春も
地上の春も
まぜあわす
完全無欠の
かがやく木偶よ

無尽蔵の抱擁をなすべくいまここに

空の両手を

一切の手を

ここにある身体の温み
その奥をわたってゆく
風がある
まんなかに触れる

いまここに君は来た
いまここにわたしは立った

ひとつずつの心臓がある
ふたりは出会う

続 ヘヴンリー・ブルー

この淡いものは希いではなく　これはいまある　わたしたちの手

まぎれもなくあたたかなものの中へ中へすすんでゆくことがうれしい

光から　光へ　変容してなおここにあるもののことを　つたえあう

唯一の、
原初の、
救いのように、ではなく
けれども、ひとつの

私達は歩く、

幾重ものことばのはざまに黄金の栞はそっとはさまれている

約束は　守られている　守られて　まんなかにある　ゆっくりとある

目を見て手をのばし
触れあうとき
互いの深みから
それぞれの魂を呼び出そうとする
そのときあなたが呼んでしまう名が
あなた自身です

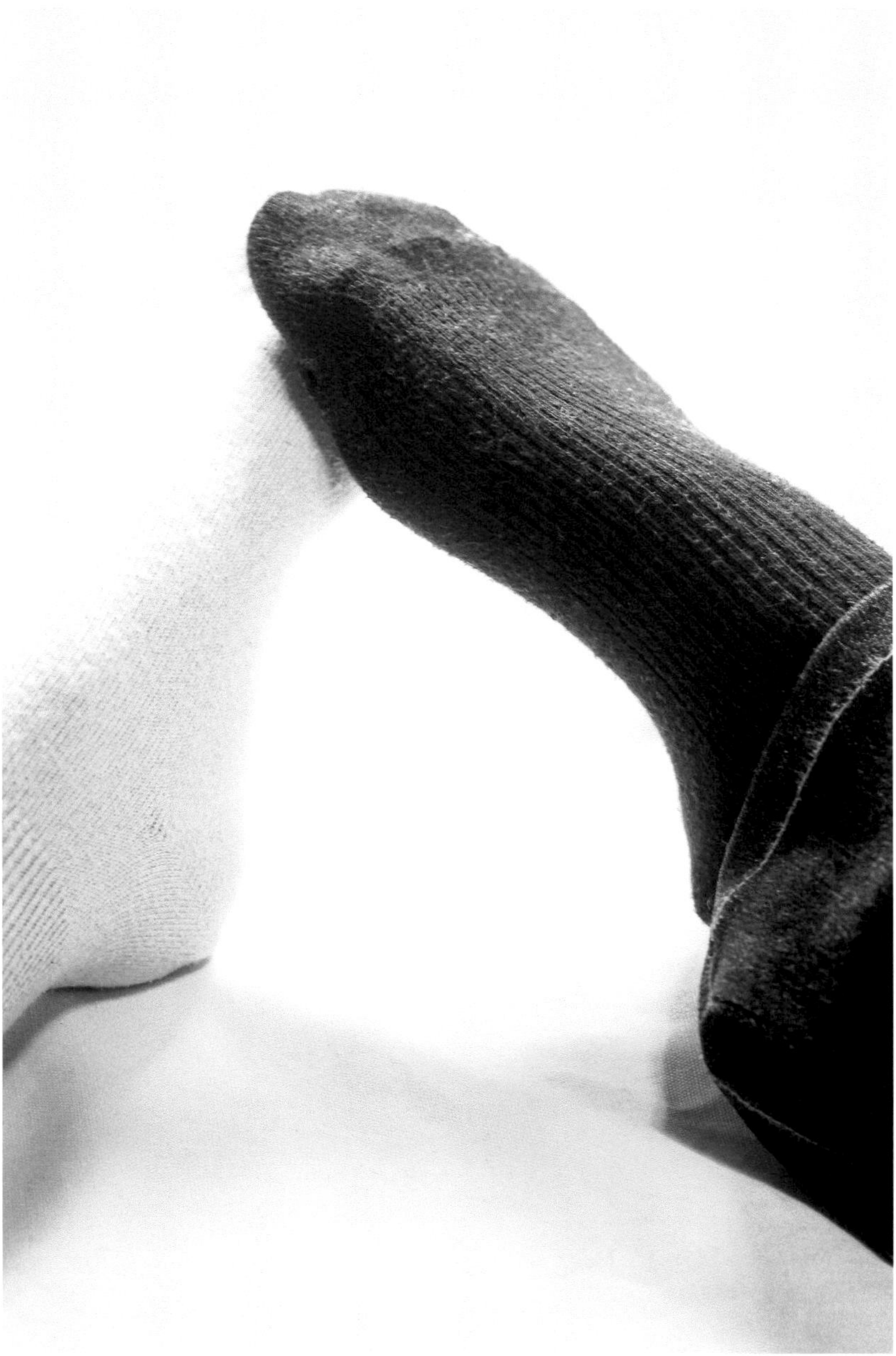

一対の
その目の奥に
一本の
街路樹として立ってみる　こと

「ぼくたちは
　　　　行き交っている」
「わたくしは　両腕に蜃気楼を　抱いた気がする」

どのように？

旅をしなさい　恋人の入口から出口まで　各々ひとりで

たやすい

そのままで良い

手管も無く

向き合っている

剥き合っている

心臓の奥に尨大な女がいる　巨大なてのひらに取り囲まれる

ひまわりが馬鹿にでかいね　と　それからあとはなんて言ったか

手のひらであなたはわたくしをみなすくいあげてゆく
それは何と
おそろしいほどの
平安か

わたしたちは跳ね

わたしたちは着地する

青空の骨片

とても白い

なにもないところで鳴っている　なにか
なにもないところで
秋の光か

言いあてないことですべてがそこにある
詩のように
ただ　きみのように

きみ、窓のところでずっと
ふっていた
雪が香りそうな　手だった

ドアノブを探すことだ　夢の先の　そしてそこから逃げてしまえ

30
315

はい、と言い、いいえ、と言い、はい、と言う
どちらでも良い　ただなかに居る

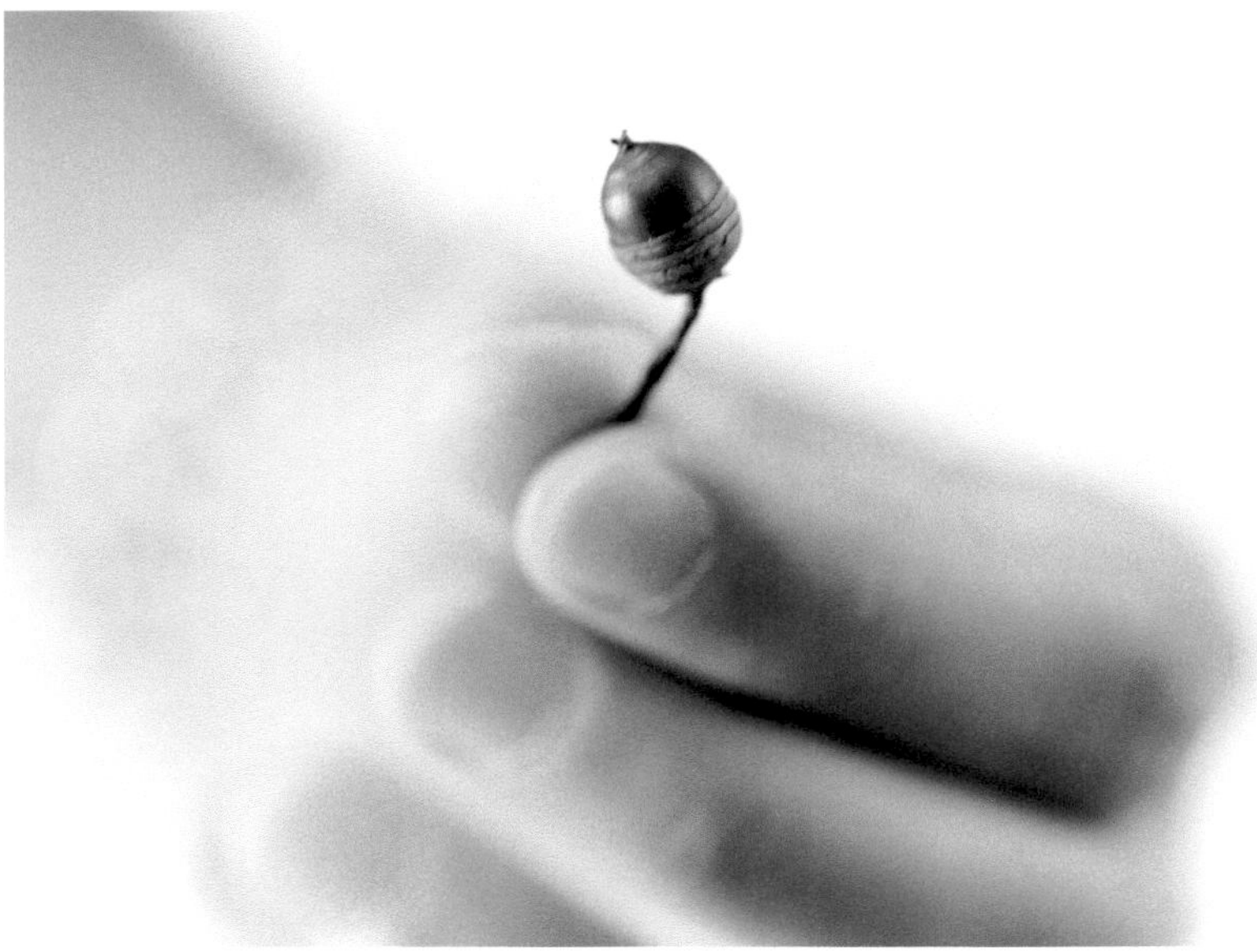

道筋の
無い道のその
先をこそ
おずおずとゆく
わたくしたちは

あおぞらを
全肯定する
道すがら
海ほおずきを
はさむ唇

ぼくたちは
道なりに、ただ、ゆく子供
罰は終わった
罰は終わった

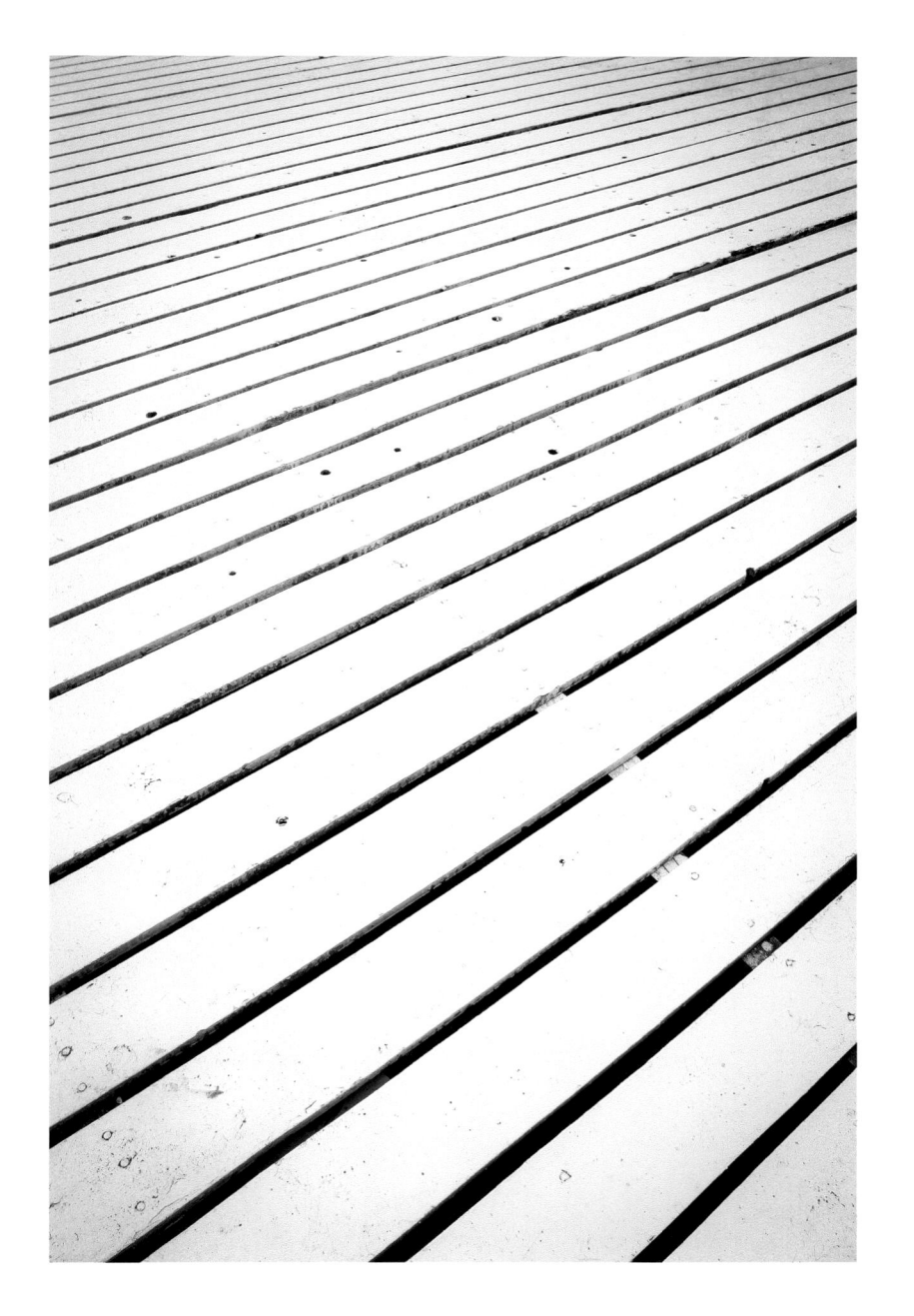

いつまでだろうか
幸福というものは馬鹿くさいものと
おもっていたのは

吹きよせる、風

反射する夜の舗道の水跡の
満艦飾のアブラカタブラ

慈雨はふる
ややあたたかく
花のなか
あらしの後の
あしあとのなか

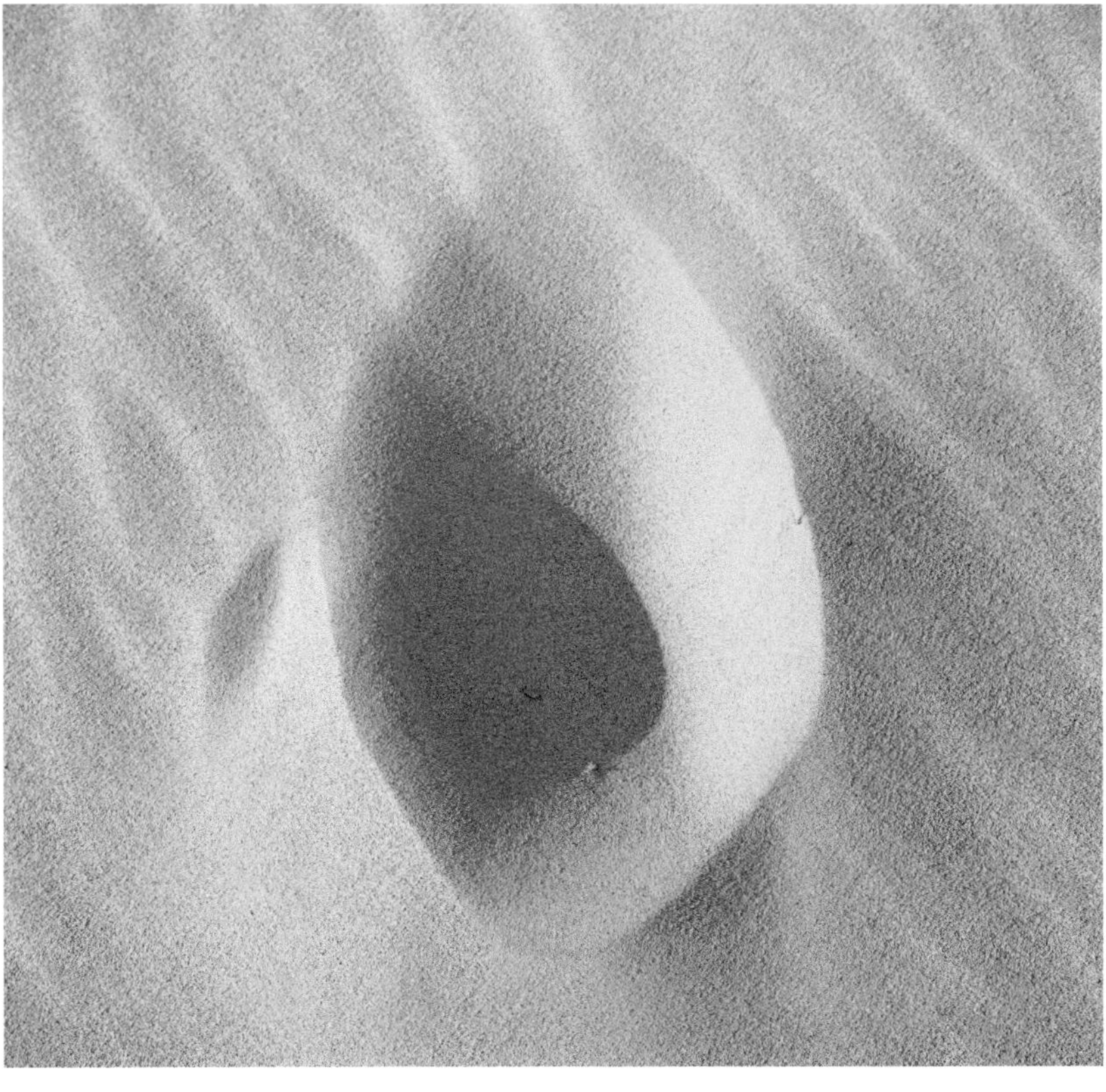

どこまでも
とほうもなくどこまでも
どこまでもと思った瞬間に yes と no が融合する

ぼくたちが
ぼくとわたしを経たのちに
満ち、満ちてくる
氷下の真水

世界中そこかしこに
点在し明滅する
yes!　yes!　yes!

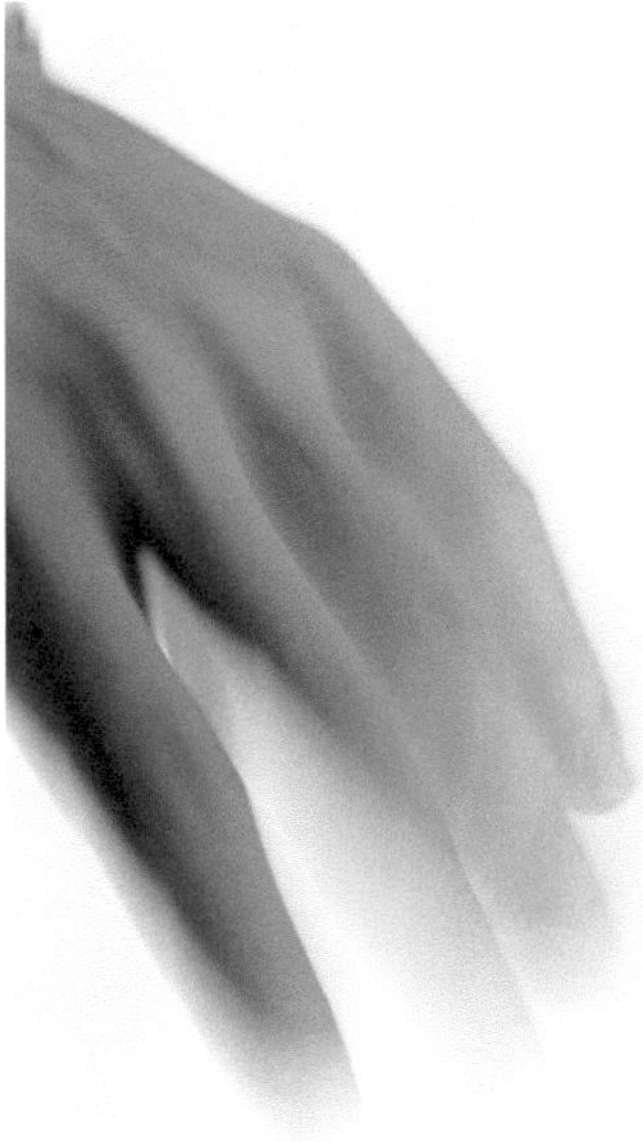

キチガイ！　と、叫びあう声
赤裸々をたたえる合戦
生きよ、既知外

一対の
牛が、
雪中、
交尾する
巨体からあがる湯気があかるい

それ以前、
あのこと未満
どうとでも
だまくらかして
逃げなさい、餓鬼

たからかに
忿怒のような声がする
「あんたが乗れば出発だよ！」

世界の染みを吸い上げてゆく
薄青い吸い取り紙の空

一体という根源の夢の水底に
未分裂細胞への憧れがある

「それはある意味、
死への願望ですかね？」

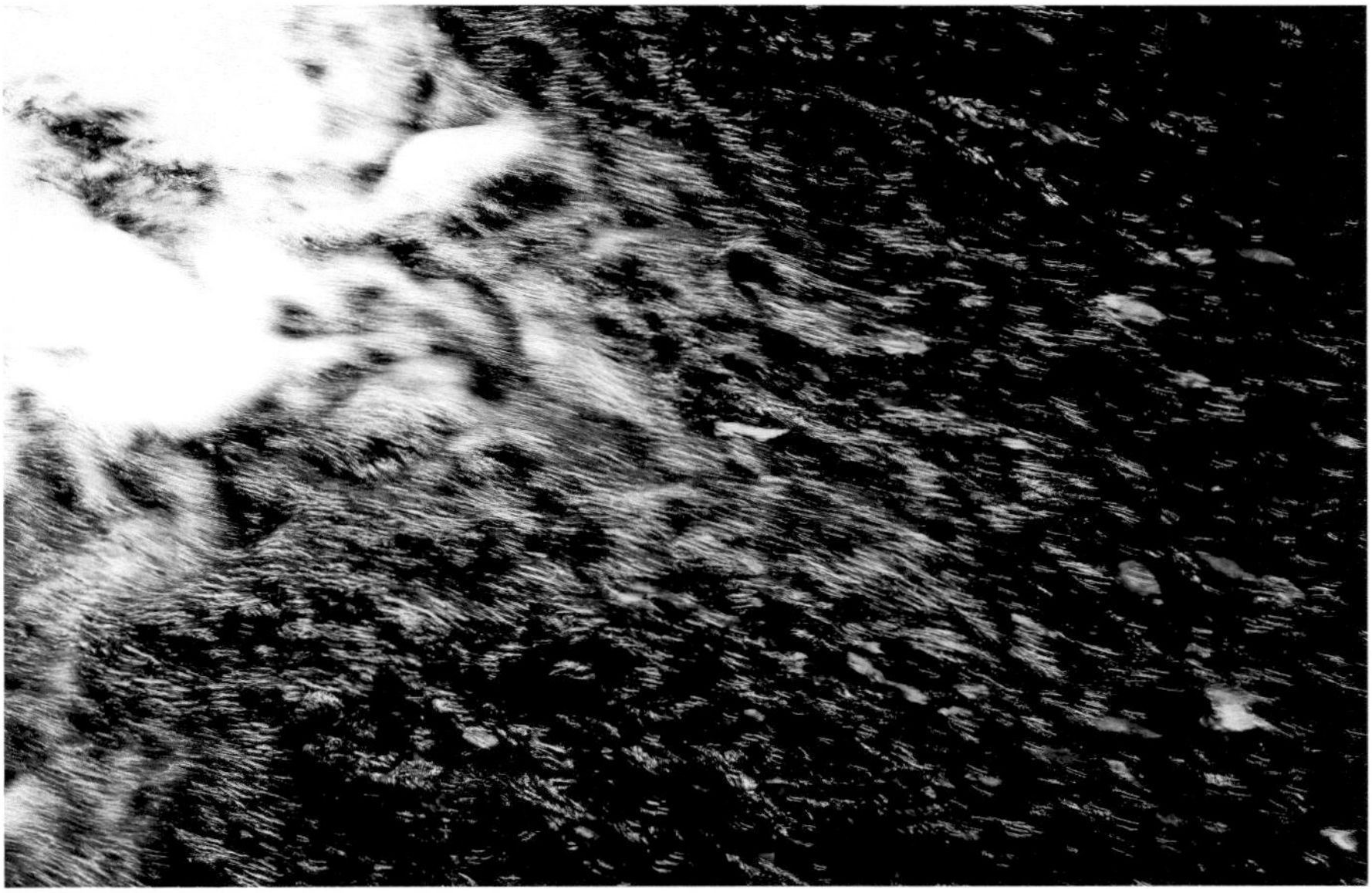

騒音の編み目をくぐり陽をあおぐ
本当のことはもう知っていて

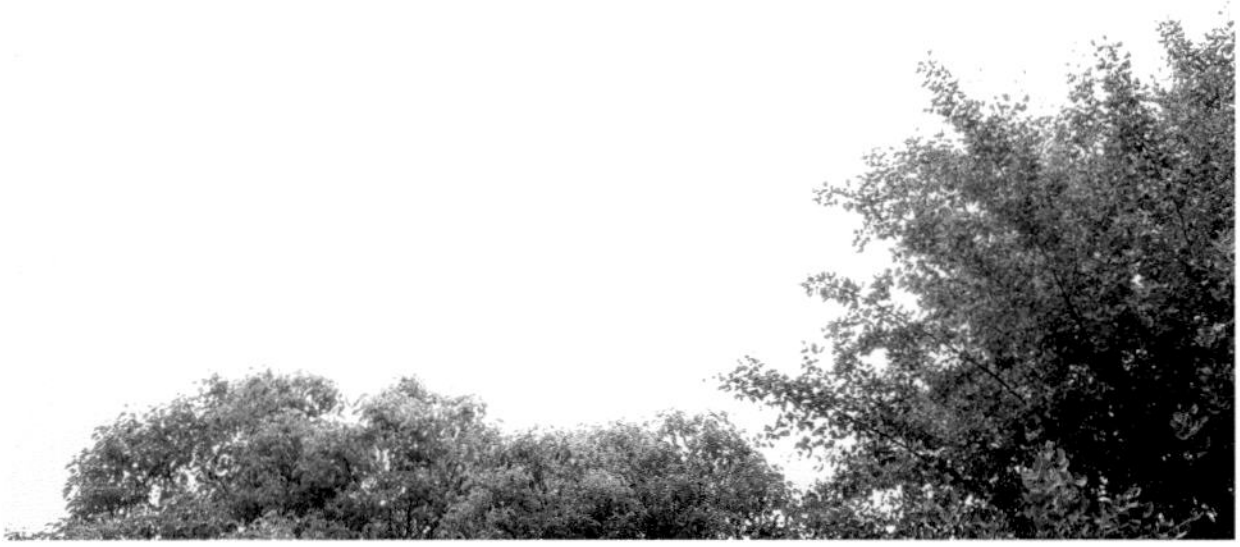

大いなる嘘もほんとも抱え込み
一体全体
歌いながら行く

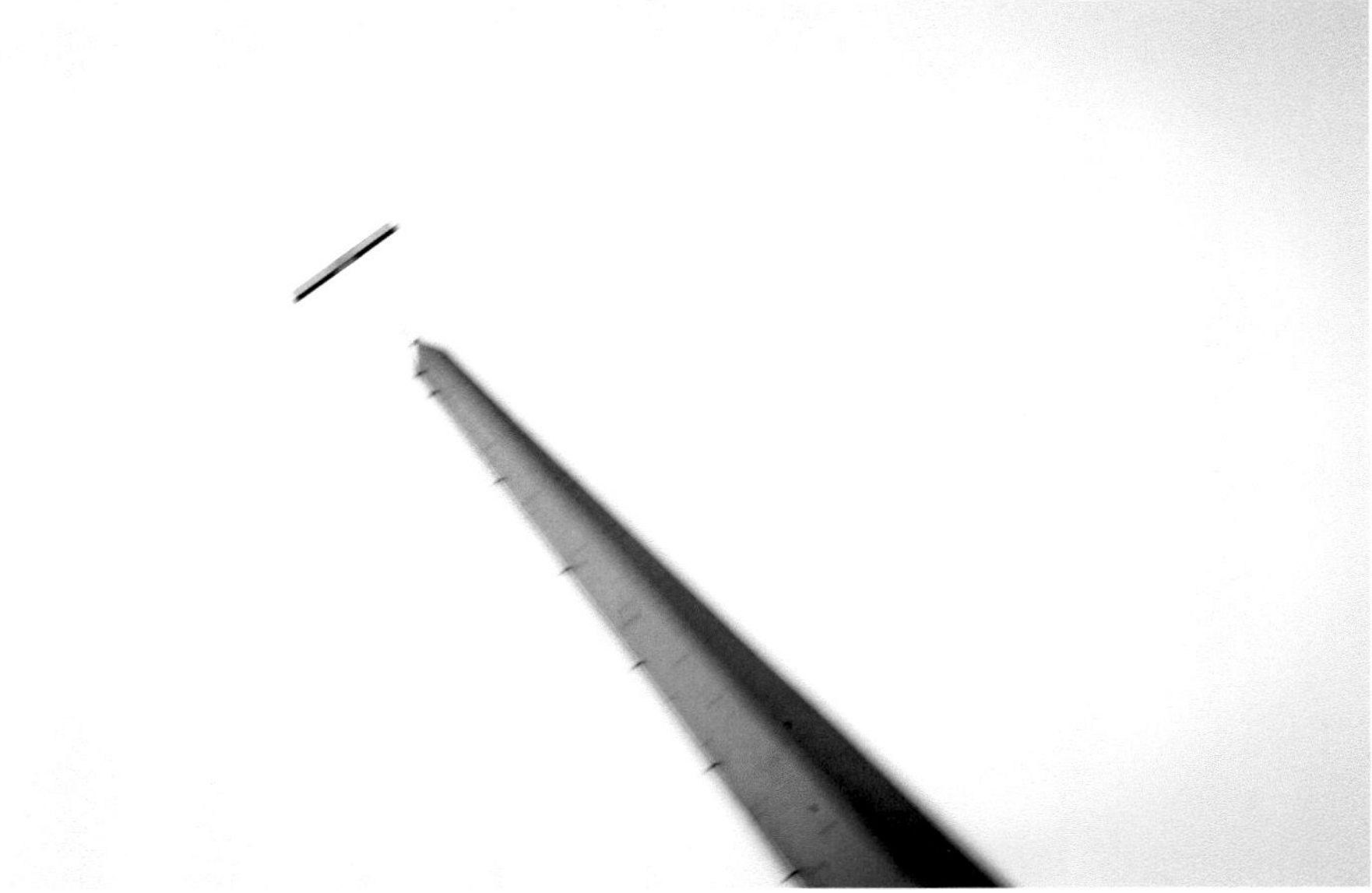

走ろう、そのほうが簡単だ

かの日々の
僕らの歌は
全方位めがけて走る
五月の仔犬

〈バランス〉は
〈揺れる〉と同義
空白のブランコひとつ
漕ぎ出す風

充分に壊れ果てたあとは
組み立てはじめること
組み立て終えたら
走ること

髪に花
唇に歌
豊饒の海辺でめかす女神・ＴＯＫＹＯ

横抱きに
駈け抜けてゆけ　一群の
カンナの夏の
爆破装置を

あとがき

二〇〇二年に歌人、荻原裕幸さんの編集により写真短歌集「ヘヴンリー・ブルー」オンデマンド版は発刊されました。今回、二十二年を経てそのオリジナル版のレイアウトをそのまま再現し、巻末に「続・ヘヴンリー・ブルー」を納めています。

この歌集の中の一首「虹よ立て夏の終わりをも生きてゆくぼくのいのちの頭上はるかに」が、東京書籍の中学二年生の教科書、同じく東京書籍の小学六年生の教科書に二〇一五年から採用されたのち、様々な問題集などにも使われ始めました。旧版の歌集はすでに販売終了となっていますので、興味を持った中学生、小学生にも手に取って読んでいただけるよう、この度、改めて印刷し直すこととしました。

写真は入交佐妃さんの作品です。オリジナルの簡易印刷版より多少美しい仕上がりになっていると思います。

「ヘヴンリー・ブルー」の発売後に荻原裕幸氏責任編集の「短歌ヴァーサス」という短歌雑誌で「続・ヘヴンリー・ブルー」を連載しました。その原稿が歌集としてまとめられずそのままになっていましたので、あえて巻末に収めました。今回、荻原裕幸さんからのコメントをいただけたこと、とても嬉しく思います。

「ヘヴンリー・ブルー」というタイトルは「そらいろあさがお」という昼顔の英名です。今は亡き原宿の同潤会アパートのギャラリーで「ＨＥＡＶＥＮＬＹ　ＢＬＵＥ展」を催した際、タイトルに惹かれてか海外からの旅行者がぞろぞろと入ってこられ、戸惑ったことも懐かしい思い出です。

二〇二四年、再び世界にエントリーする「ヘヴンリー・ブルー」に、新たな良い出会いがありますように。

二〇二四年八月　　早坂類

■早坂類（はやさか・るい）
1959 年 5 月 1 日下関市生まれ。
18 歳の時に井辻朱美氏の誘いにより短歌結社「詩歌」に入会し作歌開始。
第 31 回短歌研究新人賞次席の後、短歌結社「未来」岡井隆欄所属。
1990 年現代詩「ユリイカの新人」吉増剛造選。
著書に歌集『風の吹く日にベランダにいる』（河出書房新社）、小説『ルピナス』（講談社）、小説『睡蓮』（RANGAI 文庫）、入交佐妃との写真歌集『ヘヴンリー・ブルー』（bookpark）、短編集『自殺 12 章』（窓社）、歌集『黄金の虎 / ゴールデンタイガー』、細江英公『花泥棒』への詩の提供、など。
青木景子名義でやなせたかし氏主催「詩とメルヘン賞」を 1986 年に受賞し、『風の中の少年たち』（サンリオ出版）他 7 冊の少女向け詩集あり。

■入交佐妃（いりまじり・さき）
高知市生まれ。
同志社大学文学部美学及び芸術学専攻卒業。
京都市在住。

※ 94 頁のオクタビオ・パスの引用は『大いなる文法学者の猿』（清水憲男訳、新潮社、1977 年刊）より。

ヘヴンリー・ブルー&続ヘヴンリー・ブルー

二〇二四年九月二十四日　初版発行

著　者　早坂類　入交佐妃

発行者　今田久士
発行所　RANGAI文庫
〒八〇二―〇〇七一
福岡県北九州市小倉北区黄金一―七―一二
シャルム黄金一―七〇二
DTP　にのみやさをり
印刷・製本　株式会社グラフィック

ISBN 978-4-909743-09-1 C0092